保健美食系列

女性调养食谱

蒋金龙 编著

U0105961

福建科学技术出版社

（闽）新登字03号

著作权合同登记号：图字 13-1999-24
原书名：《女性食疗美味菜》
原出版者：唐代文化事业有限公司
本书中文简体字版权由台湾贺禧文化事业股份有限公司代理

图书在版编目(CIP)数据

女性调养食谱／蒋金龙编著. - 福州：福建科学技术出
版社，2000.4
（保健美食系列）
ISBN 7-5335-1602-8
Ⅰ. 女… Ⅱ. 蒋… Ⅲ. 女性－食物养生－食谱
Ⅳ.TS972.164

中国版本图书馆 CIP 数据核字 （1999)第 54697 号

女性调养食谱
蒋金龙 编著
福建科学技术出版社出版、发行
（福州市东水路 76 号）
各地新华书店经销
北京利丰雅高长城电分制版中心制版
利丰雅高印刷(深圳)有限公司印刷
开本 880 毫米 × 1194 毫米　　1/32　　2 印张
2000 年 4 月第 1 版
2000 年 4 月第 1 次印刷
ISBN 7-5335-1602-8/TS · 137
定价：12.80 元

书中如有印装质量问题，可直接向承印厂调换

目 录

玉竹豆腐 —————— 4

美容木耳羹 —————— 6

益肾板栗鸡 —————— 8

龙枣养颜 —————— 10

润肺轻身盅 —————— 12

补血葡萄饮 —————— 14

淮药金饼 —————— 16

益颜馄饨 —————— 18

祛斑羊肉面 —————— 20

火腿炖蚝豉 —————— 22

双补归参汤 —————— 24

益气章鱼 —————— 26

四君蒸鸭 —————— 28

枣肉锅炸 —————— 30

山药软炸鱼 —————— 32

黄芪乌鸡汤 —————— 34

豆焖双肉 —————— 36

芪枣鹅肉 —————— 38

薏仁丰肌丸 —————— 40

黄芪烩什锦 —————— 42

人参莲肉 —————— 44

甲鱼女贞汤 —————— 46

银耳鹌鹑蛋 —————— 48

双色同补汤 —————— 50

鲢鱼丸汤 —————— 52

橄榄萝卜汤 —————— 54

牛肉五香粥 —————— 56

冰糖西米 —————— 58

麻花芋头 —————— 60

太子毛豆 —————— 62

玉竹豆腐

❶猪肉剁成茸,竹笋、芹菜、水发香菇切成细粒。

❷加淀粉、米酒、盐、胡椒粉、味精,调匀成馅心。

❸取油豆腐,填入馅心。

❹油豆腐放入锅中,加入鸡汤、玉竹汁(玉竹加清水煎煮即成,取药汁100克)。

❺加入酱油、米酒,焖烧至汤汁收稠时,起锅即可。

材料

玉竹50克
油豆腐10个
猪肉50克
水发香菇、芹菜各20克
米酒、味精、盐、胡椒粉
酱油、淀粉各适量
鸡汤300克

功效

益阳润燥,补肾泽肤,久服温暖身体,消除疲劳,消除颜面斑点,美容润肤。

美容木耳羹

❶黑芝麻、核桃仁放入锅中炒熟。

❷取出，用刀压成粉末。

❸白木耳加水，用小火烧至软焖(30分钟)。

❹加入黑芝麻、核桃仁末、蜂蜜。

❺用小火炖至汁稠即成。

材料

白木耳30克
黑芝麻50克
核桃仁50克
蜂蜜150克

功效

养皮肤，增美容。适用于皮肤日渐干燥，面容呈现黯淡的症状。

益肾板栗鸡

❶ 板栗去外壳,洗净;姜拍碎,葱打结。

❷ 鸡去毛和内脏洗净,用开水氽烫,捞出。

❸ 加清水、葱姜、米酒,用小火烧至七成熟。

❹ 再加入盐、板栗。

❺ 续用小火烧至鸡肉熟透即可。

材料

板栗150克
鸡1只
姜块20克
葱3根
盐12克
米酒15克

功效

补肾气、强筋力、生气血、滋容颜。

龙枣养颜

❶将首乌、当归洗净，放入锅中炒熟。

❷取出，用刀研成粉末。

❸红枣去核切粒，龙眼肉剁细。

❹净锅置中火上，加清水750克、首乌及当归粉。

❺煮开后下龙眼肉、红枣、冰糖。

❻熬成300克的汤时即可。

材料

龙眼肉20粒
首乌15克
当归6克
红枣6颗
冰糖50克

功效

补产后血虚，适用于产后精神不振的症状，较长期服用可美容颜、润肌肤。服用一段时间需停几天，再继续服用。

润肺轻身盅

❶ 将西瓜洗净,在六分之一处削盖(盖留用)。

❷ 挖出瓜瓤,取汁留用。

❸ 葡萄洗净,去皮、去核。

❹ 番茄、猕猴桃烫一下,撕去皮,切片。

❺ 在西瓜盅内放入银耳、葡萄、猕猴桃、番茄片、西瓜汁、蜂蜜,拌匀后加盖入冰箱放置,食时上桌。

材料

西瓜1颗(2500克)
葡萄300克
罐头银耳200克
番茄2颗
猕猴桃2颗
蜂蜜50克

功效

滋阴润肺、强骨轻身、清热消暑、美容润肤。凡寒湿者忌服。

补血葡萄饮

❶ 将胡萝卜、苹果洗净切成小块。

材料

葡萄100克
熟胡萝卜150克
苹果200克
白糖15克
矿泉水70克

❷ 与葡萄(去皮)一同放入果汁机内。

功效

强身补血,令人容颜红艳,可作夏天饮料,每天饮2次,效果更佳。

❸ 再加入矿泉水、白糖。

❹ 搅打4分钟,然后取出,滤渣服用。

淮药金饼

❶ 将淮山药打成细粉，加面粉和水揉搓成团。

❷ 摘成小块，按成面坯。

❸ 取面坯包入豆沙，做成小饼。

❹ 放入油锅炸熟，捞出撒上白糖即可。

材料

淮山药(即山药)300克
面粉100克
豆沙100克
油200克
白糖150克

功效

补肺肾、益脾胃、驻颜色，适用于脾虚而致的面色萎黄，可作点心食用。

益颜馄饨

❶ 将鸡肉剁烂。

❷ 与葱花、盐、味精、花椒粉一起做成馅心。

❸ 取馄饨皮包入馅心，成馄饨。

❹ 将馄钝放入开水锅煮熟，盛在热鸡汤碗中即可。

材料

鸡肉150克
馄饨皮250克
葱花60克
花椒粉、盐、味精少许
鸡汤1000克

功效

补虚暖胃，益颜增色，适用于面色萎黄。每日1次，以饱为度。

祛斑羊肉面

❶取熟羊肉剁成细末作羹。

❷蛋清和面粉拌匀成面团。

❸将面团擀成薄片，用刀切成细条。

❹入开水锅烫熟，捞入碗中。

❺加入花椒粉、胡椒粉、姜粉、葱末、盐、味精、香油和羊肉羹，拌匀即可。

材料

鸡蛋清4只
熟羊肉120克
面粉250克
花椒粉、胡椒粉
姜粉、葱末
味精、盐
香油各少许

功效

健脾开胃、益气补血、祛斑泽颜。适用肝气郁结而致的黄褐斑、粉刺、面色不华，作早晚餐用。

火腿炖蚝豉

❶蚝豉入锅里煮片刻,捞出洗净。

❷热锅内放色拉油,爆香葱姜,放蚝豉、米酒炒2分钟。

❸加清水1小碗煮沸,然后捞出再洗净。

❹取砂锅,放入蚝豉、火腿片、酱油、糖、肉汤,小火炖至蚝豉熟烂,捞入盘中。

❺原汁加味精、盐、淀粉勾芡,淋入麻油,浇在蚝豉上即可。

材料

干蚝豉200克
火腿片200克
米酒、葱姜、酱油、
  麻油、色拉油、淀
  粉肉汤、糖各适量

功效

补气养血、益精润
肤。适用于病后皮肤
不荣,面色不华。

双补归参汤

❶ 将当归、党参纳入鸡腹内。

❷ 将鸡放入锅中，加水适量大火烧沸。

❸ 用小勺撇去浮沫。

❹ 加入葱姜、米酒，用文火炖烂即可。

材料

净鸡1只
当归15克
党参30克
清水1000克
葱姜、米酒、盐各适量

功效

气血双补、悦面色。适用于久病体衰、血虚所致的面色苍白或萎黄。

益气章鱼

❶ 章鱼用开水浸泡10分钟，捞起。

❷ 脱去墨皮，洗净切条，待用。

❸ 猪蹄入沸水中烫10分钟，捞出。

❹ 猪蹄、章鱼放入锅中，加入盐、胡椒粉、米酒和汤。

❺ 用文火炖至熟烂即可。

材料

章鱼(又称墨鱼)100克
猪蹄1只
米酒15克
胡椒粉5克
盐、清汤少许
葱末适量

功效

益气养血、润肤生肌、防皱除皱。适用于皮肤不红而生皱纹。

四君蒸鸭

❶ 鸭子清洗后入开水中烫一下，捞起。

❷ 党参、茯苓、白术、甘草四味中药均装入纱布袋中，放入鸭腹中。

❸ 鸭子放入蒸碗中，放入葱、姜、盐、味精、米酒、鲜汤。

❹ 上笼蒸3小时蒸至鸭肉酥烂，取出药包即可。

材料

嫩鸭1只(1400克)
党参15克
白术10克
茯苓10克
甘草6克
葱姜、盐、米酒、味精
    适量
鲜汤700克

功效

甘温益气、健脾养胃、悦色。适用于面色苍白。服法：在2～3天内服完。

枣肉锅炸

❶ 龙眼肉切粒；蜜枣肉炒干，取出研成末。

❷ 鸡蛋加面粉、枣肉末、龙眼粒、淀粉、清水搅成糊。

❸ 锅内放清水100克烧开，将调好的糊浆慢慢倒入，边倒边搅匀至熟。

❹ 盛入抹好油的平盘中。冷后切成条，拍上淀粉，入锅炸熟。

❺ 装入盆中，撒上白糖、芝麻即可。

材料

龙眼肉、蜜枣肉各20克
熟白芝麻5克
鸡蛋1只
淀粉75克

功效

补益心脾、养血安神、悦色，适用于面色萎黄。

山药软炸鱼

❶ 山药切片烘干研末; 鱼肉洗净去筋膜切成块。

❷ 鱼肉加入米酒、盐、酱油、白糖、葱、姜、味精拌匀。

❸ 将蛋清、山药粉、淀粉一起和匀。

❹ 将其拌入鱼肉内。

❺ 放入油锅炸熟即成。

材料

山药40克
生姜、葱、米酒
盐、酱油
白糖、味精各少许
鸡蛋2只
淀粉50克
色拉油600克

功效

补益脾胃、滋补肺肾、悦色润肤。适用于面色萎黄、皮肤粗糙。

黄芪乌鸡汤

❶将黄芪去灰渣，炒烘后取出，研成粉末。

❷鸡洗净斩块后，入开水中烫1分钟，取出。

❸鸡内外沾上黄芪粉，放入蒸碗内。

❹加鲜汤50克、盐、米酒、葱姜，封口。

❺上笼蒸熟(约1小时)即可。

材料

炙黄芪30克
净乌骨鸡1只
姜块15克
葱结1个
盐、米酒适量

功效

补中益气、生血、治消瘦，令人强壮结实。

豆焖双肉

❶青豆洗净，牛肉、猪肉切成粗粒，菜心洗净沥干，备用。

❷起锅，放油烧热，放入猪肉、牛肉炒至变色，烹入米酒。

❸加青豆、姜末炒几下，再加鲜汤、胡椒粉。

❹焖至青豆熟透。

❺投菜心烧透，放盐、味精、葱花，用淀粉勾芡炒匀即可。

材料

鲜青豆200克
牛肉100克
肥瘦猪肉100克
鲜菜心50克
米酒8克
味精1克
盐4克
胡椒粉0.5克
淀粉10克
姜末15克
葱花5克
鲜汤1小碗

功效

补脾胃、治消瘦、益气血、长肌肉。

芪枣鹅肉

❶黄芪洗净炒干，研成粉末。

❷鹅肉洗净后切成块。

❸鹅肉放入锅内，加水烧开，撇去浮沫，加姜块、葱节、米酒。

❹再用小火煨至酥烂(约1小时)。

❺最后加入黄芪粉、红枣、盐、味精即可。

材料

鹅肉500克
黄芪12克
红枣6颗
米酒8克
姜块10克
葱2根
味精1克
盐3克

功效

补中益气。有益气力、强肌肉作用。

薏仁丰肌丸

❶ 薏仁炒熟去净灰渣,捣碎;马铃薯蒸熟去皮,捣成泥状。

❷ 猪肉、鸡肉、洋葱、薏仁同炒,加酱油、米酒、胡椒粉炒匀起锅。

❸ 再放入芋泥和葱花搅合,搓成肉丸子。

❹ 先沾上蛋液,再沾上面包屑待用。

❺ 放入油锅中炸至外表金黄、肉熟即成。食时沾上番茄酱。

材料

猪肉末200克
鸡肉末200克
马铃薯200克
洋葱(末)1个
面粉150克
油1000克(耗120克)
薏苡仁50克
蛋液100克
面包屑100克
米酒5克
酱油10克
葱末20克
番茄酱1碟

功效

补脾胃、泽肤发。

黄芪烩什锦

❶洋葱、胡萝卜、山药、大蒜、冬菇切成片,四季豆摘成段。

❷起油锅,投入胡萝卜、冬菇、四季豆、山药、洋葱、大蒜、扁豆炒至七成熟。

❸放入五香粉、酱油再炒几下。

❹加鲜汤、熟猪肚片、牛肚片同烩至汤汁收稠。

❺最后,再加葱、盐、味精即可。

材料

黄芪研末25克
生山药100克
熟牛肚切片200克
熟猪肚切片200克
胡萝卜100克
洋葱2个
水发冬菇30克
大蒜瓣10个
四季豆100克
扁豆角100克
葱白段30克
五香粉、味精
盐、色拉油各适量

功效

补脾胃、增肌肉、增强营养、补虚弱。

人参莲肉

❶ 白人参切片,莲子洗净。

❷ 将莲子、人参放入碗内,加冰糖及水适量。

❸ 上笼蒸1小时即可。

材料

白人参10克
莲子10粒(去芯)
冰糖30克

功效

补脾养心,适用于脾虚而形成之体消瘦,食时喝汤吃莲子,剩余人参,次日再加同量莲子,按上述方法制作。人参可连用3次,最后一次吃掉。

甲鱼女贞汤

❶ 甲鱼宰杀去内脏,切成块。山药切片,枸杞子洗净,女贞子用纱布包好。

❷ 甲鱼放入锅中,加入清水、米酒、葱姜,煮沸去浮沫。

❸ 将纱布包、枸杞子、山药放入锅中。

❹ 煮至甲鱼烂熟,放入盐、味精,去纱布包即可。

材料

甲鱼1只
枸杞子30克
山药45克
米酒、葱、姜
盐、味精均少许
女贞子15克

功效

补肝肾、丰肌。适用于形瘦体弱。

银耳鹌鹑蛋

❶ 银耳泡发，去杂质，摘碎成块。

❷ 起锅，放入清水，将鹌鹑蛋煮熟，去壳。

❸ 银耳加水1碗，用小水煨2小时至熟烂汁稠。

❹ 加入冰糖、蛋，再煨20分钟即可。

材料

银耳20克
鹌鹑蛋10颗
冰糖30克
清水100克

功效

益气养阴、丰肌。早晚食1小碗汤和2颗蛋。

双色同补汤

❶ 黑木耳泡发,去杂质,洗净备用。

❷ 红枣去核,洗净。

❸ 黑木耳、红枣放入锅中,加入清水。

❹ 用小火煮1小时即可。

材料

黑木耳30克
红枣30颗
清水750克

功效

健脾补气、丰肌。早晚餐后各1次。

鲢鱼丸汤

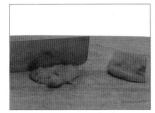

❶ 鲢鱼肉去骨, 剁成肉泥。

❷ 加入火腿末、葱、姜末、米酒, 搅匀成鱼茸。

❸ 锅内加水1碗, 鱼茸做成鱼丸, 放入水中烧熟。

❹ 加入火腿片、香菇片、盐、味精。

❺ 烧1分钟后淋入熟鸡油即可。

材料

鲢鱼肉300克
火腿片10克
火腿末5克
水发香菇15克
米酒、盐、味精
熟鸡油、葱、姜各少许

功效

温中益气、丰健人体。

橄榄萝卜汤

❶ 橄榄用刀面拍破。

❷ 白萝卜去皮,切成小块,待用。

❸ 起锅,加入橄榄、白萝卜和1大碗清水。

❹ 用中火煮至萝卜酥烂即可。

材料

橄榄100克
白萝卜250克

功效

补脾胃、增肌肉、增强营养、补虚弱。

牛肉五香粥

❶ 牛肉切片洗净，用开
  水烫一下，捞出。

❷ 大米淘洗干净，加牛
  肉及水1000克。

❸ 起火，煮成粥。

❹ 加入五香粉、盐，再煮
  2分钟即可。

材料

牛肉100克
大米100克
五香粉、盐各少许

功效

补脾胃、益气血、强
筋骨、丰肌体。

冰糖西米

❶ 银耳泡发,去杂质并摘碎。

❷ 起锅,西米、银耳加水煮成粥。

❸ 加入冰糖拌匀。

❹ 再煮3分钟,起锅即可。

材料

西米50克
银耳30克
冰糖30克
清水500克

功效

健脾、养胃。适用于脾胃虚而致的形体虚弱消瘦。

麻花芋头

❶芋头洗净去皮,待用。

❷芋头放入蒸碗中,上笼蒸熟(约30分钟)。

❸锅内放水1小碗,加入芋头、白糖。

❹用小火煨烧片刻。

❺最后,放入桂花,淋上麻油即可。

材料

芋头400克
白糖、桂花、麻油各
适量

功效

益气养阴、丰肌。早晚食1小碗汤和2颗蛋。

太子毛豆